Die neunte Stunde

I

Für Franz Armin Morat

Der Holunder öffnet die Monde,
alles geht ins Schweigen hinüber,
die fließenden Lichter im Bach,
das durch Wasser getriebene
Planetarium des Archimedes,
astronomische Zeichen,
in den Anfängen babylonisch.

Sohn,
kleiner Sohn Enkidu,
du verließest deine Mutter, die Gazelle,
deinen Vater, den Wildesel,
um mit der Hure nach Uruk zu gehen.
Die milchtragenden Ziegen flohen.
Es verdorrte die Steppe.

Hinter dem Stadttor
mit den sieben Eisenriegeln
unterwies dich Gilgamesch,
der Grenzgänger zwischen Himmel und Erde,
die Stricke des Todes zu durchhauen.

Finster brannte der Mittag auf dem Ziegelwerk,
finster lag das Gold in der Kammer des Königs.
Kehre um, Enkidu.
Was schenkte dir Gilgamesch?
Das schöne Haupt der Gazelle versank.
Der Staub schlug deine Knochen.

Der Ammoniter

Überdrüssig der Götter und ihrer Feuer
lebte ich ohne Gesetz
in der Senke des Tales Hinnom.
Mich verließen die alten Begleiter,
das Gleichgewicht von Erde und Himmel,
nur der Widder, die Moderhinke
schleifend über die Sterne, blieb mir treu.
Unter seinem Gehörn aus Stein,
das rauchlos glänzte, schlief ich nachts,
brannte Urnen jeden Tag,
die ich abends vor der Sonne
am Felsen zerschlug.
Nicht sah ich in den Zedern
die Katzendämmerung, den Aufflug des Vogels,
die Herrlichkeit des Wassers,
das über meine Arme rann,
wenn ich im Bottich schlämmte den Ton.
Der Geruch des Todes machte mich blind.

Melpomene

Bitterstachlig der Wald,
kein Küstenwind, kein Vorgebirge,
Das Gras verfilzt, der Tod wird kommen
mit Pferdehufen, endlos
über die Steppenhügel, wir gingen zurück,
am Himmel suchend das Kastell,
das nicht zu schleifen war.

Feindselig die Dörfer,
die Hütten hastig geräumt,
im Dachgebälk geräucherte Haut,
Fangnetze und Knochenamulette.
Überall im Land nur böse Verehrung,
Tierhäupter im Nebel, Wahrsagerei
aus geschnittenen Weidenruten.

Später, im Norden,
hirschäugige Männer
jagten auf Pferden vorbei.
Wir begruben die Toten.
Mühsam war es,
die Axt ins Erdreich zu schlagen,
Feuer mußte den Boden auftauen.

Das Blut geopferter Hähne
wurde nicht angenommen.

Das Grab des Odysseus

Niemand wird finden
das Grab des Odysseus,
kein Spatenstich
den krustigen Helm
im Dunst versteinerter Knochen.

Such nicht die Höhle,
wo unter die Erde hinab
ein wehender Ruß, ein Schatten nur,
vom Pech der Fackel versehrt,
zu seinen toten Gefährten ging,
die Hände hebend waffenlos,
bespritzt mit dem Blut geschlachteter Schafe.

Mein ist alles, sagte der Staub,
das Grab der Sonne hinter der Wüste,
die Riffe voller Wassergetöse,
der endlose Mittag, der immer noch warnt
den Seeräubersohn aus Ithaka,
das Steuerruder, schartig vom Salz,
die Karten und Schiffskataloge
des alten Homer.

Pfeilspitze des Ada

Bewohner der kahlen Berge,
Nachzügler, Zelte, flatternd und finster,
unduldsam der Tod,
als stürze er von der Sonne hinab
in gleißende Ziegelscherben.

Sandkauend, in Stößen
und Wirbeln der Wind,
der heiß durch die Disteln fegt.
Eselfarben die Mauer,
lehmrissig,
der Mann, der sich nähert,
geht ohne Schatten.

Einst fliege ich auf
zu den Gazellen des Lichts,
sagt eine Stimme.

Aristeas I

Die erste Frühe,
als im Gewölk das Gold
der Toten lag. Es schlief der Wind,
wo im Geäst
die nebelgefiederte Krähe saß.

Der Vogel flog,
sein Fittich schlug das Licht
im Erlengrau,
die milchige Haut der Steppe.

Ich, Aristeas,
als Krähe einem Gott gefolgt,
ich schweife,
vom Traum gerissen,
durch Lorbeerhaine des Nebels,
mit starrem Flügel den Morgen suchend.
Ich spähte
in schneeverkrustete Höhlen,
Gesichter, einäugig, feuerbeschienen,
versanken im Rauch.
Und Pferde standen, vereist die Mähnen,
an Pflöcke gefesselt mit Riemen aus Ruß.

Die Krähe strich
ins winterliche Tor,
strich durch verhungertes Gesträuch.
Frost stäubte auf.
Und eine dürre Zunge sprach:
Hier ist das Vergangene ohne Schmerz.

Aristeas II

Die Einsamkeit
der Pfähle im brackigen Wasser,
an lecker Bootswand
kratzt eine tote Ratte.
Hier sitze ich mittags,
ein alter Mann,
im Schatten des Hafenschuppens
auf einem Mühlstein.

Flußlotse einst,
doch später fuhr ich Schiffe, arme Frachten,
hoch in den Norden durch die Gezeiten.
Die Kapitäne zahlten mit Konterbande,
es ließ sich leben, Weiber genug
und Segeltuch.

Die Namen verdämmern,
keiner entziffert den Text,
der hinter meinen Augen steht.
Ich, Aristeas, Sohn des Kaystrobios,
blieb verschollen,
der Gott verbannte mich
in diesen engen schmutzigen Hafen,
wo unweit der kimmerischen Fähre
das Volk mit Fellen und Amuletten handelt.

Noch stampft die Walkmühle nachts.
Manchmal hocke ich als Krähe
dort oben in der Pappel am Fluß,

reglos in der untergehenden Sonne,
den Tod erwartend,
der auf vereisten Flößen wohnt.

II

Begegnung

Für Michael Hamburger

Schleiereule,
Tochter des Schnees,
dem Nachtwind unterworfen,

doch Wurzeln fassend
mit den Krallen
im modrig grindigen Gemäuer,

Schnabelgesicht
mit runden Augen,
herzstarre Maske
aus Federn weißen Feuers,
das weder Zeit noch Raum berührt,

kalt weht die Nacht
ans alte Gehöft,
im Vorhof fahles Gelichter,
Schlitten, Gepäck, verschneite Laternen,

in den Töpfen Tod,
in den Krügen Gift,
das Testament an den Balken genagelt.

Das Verborgene unter
den Klauen der Felsen,
die Öffnung in die Nacht,
die Todesangst
wie stechendes Salz ins Fleisch gelegt.

Laßt uns niederfahren
in der Sprache der Engel
zu den zerbrochenen Ziegeln Babels.

Wintermorgen in Irland

Der Teufel sitzt nachts
im Beichtstuhl des Nebels
und spricht die Verzweifelten an.
Am Morgen verwandelt er sich
in eine Elster,
die lautlos über den Hohlweg fliegt.

Im Winterverlies
das brüchige Gold der Toten
am Eichengesträuch.
Licht rodet die Kälte.
Die vertrauten Gesichter der Dächer
erscheinen wieder.

Die Exerzitien
des Windes über dem Meer,
der erste Eselschrei.
Der Schatten eines Vogels schwebt
am hängenden Felsen die Klippe hinauf.

Die Brandung,
der gleitende Wall aus Wasser und Licht,
die irische See
verrät nicht, ob Regen
den Mittag begraben wird.

Jan-Felix Caerdal

Für Günter Eich

Am Ende der Öde
sah ich die große Eskorte,
das Banner zerfetzt, die Trommel durchlöchert,
die Sänfte,
von acht zerlumpten Knechten getragen,
war leer.

Einem Toten,
die Arme zerbrachen wie trockene Äste,
gelang im Sturz der Stirnaufschlag.

Ich, der Bretone,
mit meerdurchsickerten Schuhen
und einem Hemd aus Nebel
über dem Sonnengeflecht,

ich, der Nachzügler,
der einst
Geschmeide wie Ähren auflas,
im Licht der Messe versank,

ging nun voran
mit leeren Händen
und einer Rinne Salz im Gesicht.

In memoriam Günter Eich

Hinfließen wird der Himmel,
aber wir werden dem Schnee,
der ins schwarze Wasser sinkt,
kein Tedeum mehr sprechen.

Ein verwüstetes Haus zwischen Himmel und Erde.
Im Torweg die Kröte,
noch immer
die goldene Krone auf dem Kopf.

Philipp

Hier endet der Weg,
die Fangschnur hängt
vereist
im Erlengestrüpp.

Die grashaarigen Kinder
verleugnen das Licht
und suchen den Schnee,
der mit den Krähen über die Berge kommt.

Die schweigsamen Kinder
am Eingang der Nacht,
Wind wickelt sie ein ins kühle Tuch,
das nicht den Abdruck der Erde zeigt.

Friede

Zugzeiten der Vögel.
In den stachligen
Grannen gedroschener Ähren
wohnt noch die milde Leere des Sommers.
In den Schießscharten des Wasserturms
wuchert das Gras.

Schottischer Sommer

»What seemed corporal melted
as breath into the wind«
Shakespeare, Macbeth

Schottischer Sommer,
unter der Eiche
zopftrocken
sitzend die Weiber aus Cawdor,
manche verborgen im Licht der Wolken,
abgeblühte Nesseln im Sand.
Über die Felsen herab
Trompetenstöße, ein Klirren
wühlt die Brandung auf.

Nebel, der sie erzeugte,
bald ist es Winter,
dünnes, nie ruhendes Holz,
der Schnee fegt hin und her
und stäubt die Öde an.

Dürr und düster
vor der goldenen Naht des Abends
hocken sie auf zerrissenen Fellen.
Wenn der Mond
die Zeiger verrückt am Turm,
starren sie mit erloschenen Augen.
Unbewohnbar die Trauer,
die an den Klippen verebbt.

In Bud

Nachts
das trockene Husten den Flur entlang,
ich öffne die Tür
und atme den Netzgeruch des Alten,
der unter den Klippen blieb.

Die See schreibt
in der Schrift der Algen
die letzte Seite des Logbuchs
auf salzige Felsen –
verleugne die Heimkehr,
sei unterwegs
auf Meeren mit stürzendem Himmelsstrich,
wo jeder Name verlorengeht.

Znorovy

Für Jan Skácel

Zwischen Kiefer und Brache
die Durchfahrt zum Sommer,
im Gestrüpp, seitwärts, nahe den Scheunen,
die Marderfalle, eingerostet.

Ich werde nie nach Znorovy kommen,
wo die Schatten gefesselt
aus dem Wasser steigen,
der Göpel ohne Pferdegespann
sich lautlos dreht,
das späte Gezeter der Drossel
die Dächer verdunkelt.

Fragwürdig alles,
wenn die Sonne hinter dem Nebel
die Kapsel des Mohns verholzt
und die Körner härter rascheln.
Kein Seismograph
zeigt die Erschütterung der Wesen an.

Was zwingt dich,
nachts an der alten Chaussee zu stehn?
Die mährische Kutsche
mit brüchigem Lederdach
rollt nicht mehr, verfolgt von Buchenblättern,
am grauen Gehöft vorbei.

Der Baummarder liegt im kahlen Geäst
und blickt in die Kühle der Nacht.
Du wartest auf andere Zeichen.

Die neunte Stunde

Die Hitze sticht in den Stein
das Wort des Propheten.
Ein Mann steigt mühsam
den Hügel hinauf,
in seiner Hirtentasche
die neunte Stunde,
den Nagel und den Hammer.

Der trockene Glanz der Ziegenherde
reißt in der Luft
und fällt als Zunder hinter den Horizont.

III

Blick aus dem Winterfenster

Kopfweiden, schneeumtanzt,
Besen, die den Nebel fegen.
Holz und Unglück
wachsen über Nacht.
Mein Meßgerät
die Fieberkurve.

Wer geht dort ohne Licht
und ohne Mund,
schleift übers Eis
das Tellereisen?

Die Wahrsager des Waldes,
die Füchse mit schlechtem Gebiß
sitzen abseits im Dunkel
und starren ins Feuer.

Östlicher Fluss

Such nicht die Steine
im Wasser über dem Schlamm,
der Kahn ist fort,
der Fluß
nicht mehr mit Netzen
und Reusen bestückt.
Der Sonnendocht,
die Sumpfdotterblume verglomm im Regen.

Nur die Weide gibt noch Rechenschaft,
in ihren Wurzeln
sind die Geheimnisse
der Landstreicher verborgen,
die kümmerlichen Schätze,
der rostige Angelhaken,
die Büchse ohne Boden
zum Aufbewahren längst
vergessener Gespräche.

An den Zweigen
die leeren Nester der Beutelmeisen,
die vogelleichten Schuhe.
Keiner streift sie
den Kindern über die Füße.

Mein Grossvater

Tellereisen legen,
das Aufspüren des Marders bei frischem Schnee,
das Stellen von Reusen im Mittelgraben,
das war sein Metier.

Für die Auerhahnjagd
die curische Büchse.
Sie schoß ein Blei,
das nicht stärker als ein Kirschkern war.

Er pirschte mit dem Jagdhund voraus,
ich verkroch mich in den blakenden Abend,
sah über der verschneiten Eiche
am Himmel den Hirsch verbluten.

Was wär, wenn ich fortliefe
und ließe ihn mit seinen Netzen,
Remisen und Fallen allein?
Ich ging nicht über die sieben Seen.

In strengen Wintern saßen
die Rebhühner nah bei den Scheunen.
Mit rauher Zunge leckte der Mond
das klamme Fell der Katze.

Scharf und brandig stand die Luft
dort über dem Schnee.
Der Alte kam hinter der Miete hervor
und trug die Flinte ins Haus zurück.

Prophetisch begann die Nacht,
messianisch die erste Stunde.
Er kramte im Bücherkasten und las
die »Volksschriften zur Umwälzung der Geister«.

Er drehte am Messingring der Lampe.
Die Sonne glomm auf,
der Eichelhäher schrie
und flog in den kalten märkischen Morgen.

Die Katze

Der Wintermorgen,
noch dunkel in der Schneeverwehung des Traums,
im Schuppen verstreut
Maiskolbengerippe,
ein Gesicht aus Wasserdunst
vergeht in der Luke.

Was die Katze
hinter den Augen verbirgt,
nicht weiß es der Rauhreif,
das Salz der Hexen.

Brandenburg

»Ach, wie die Nachtviole lieblich duftet!«
Kleist, Prinz von Homburg

Hinter erloschenen Teeröfen
ging ich im Brandgeruch der Kiefernheide,
dort saß ein Knecht am Holzhauerfeuer,
er blickte nicht auf,
er schränkte die Säge.

Noch immer tanzt abends
der rote Ulan
mit Bauerntöchtern auf der Tenne des Nebels,
die Ulanka durchweht
von Mückenschwärmen über dem Moor.

Im Wasserschierling
versunken
die preußische Kalesche.

Unterwegs

Die streifende Rotte
vereister Blätter
fällte der Tag
mit Drähten über der Feuergrube.

Neben dem Karren
im Schutz der Plache
die Zigeunerin,
zu ihren Füßen
eingewickelt das schlafende Kind.
Sie hebt aus dem Schafspelz
einen jungen Hund an die Brust,
ihn säugend,
säugt sie den hungrigen Wind im Schnee.

Ferne Tochter
der asiatischen Göttin,
die Feuersteinsichel
hast du verloren
am Rand der höllischen Teiche.
Du hörst das Gebell in der Nacht,
das der Radspur folgt von Lager zu Lager.

Entzauberung

In die Scheunenwand
zeichnet die Nässe
den verfemten König.

Er geht in der Kälte
durchlöcherter Zäune
den lehmigen Feldweg hinunter.
Er zieht am Geschirr
die Maultierstute
mit Körben bepackt, mit Kesseln und Töpfen,
und schwindet im Regen
am Mittelgraben hinter den Weiden.

Es ist Itau,
der Zigeuner, vergangenen Sommer
lag er am Vorwerk im groben Stroh
der rostigen Dreschmaschine.

Die Frau des Pächters erzählt,
sie habe ihn im späten Oktober
am Rand der Brache gesehn.
Er ging im Kreis
und schlug in die Luft das Zeichen,
ein Feuer fuhr aus der Erde,
das ohne Rauch
mit finsterer Flamme versank.

In Wahrheit
zog Itau, der Zigeuner,
im hellen Juli
durchs Bischofslila der Disteln
für immer fort.

IV

Bretonischer Klostergarten

Der Mittag breitästiger Ulmen.
Der Gichtbrüchige schläft
im Klappstuhl aus Segeltuch.

Engel, schmerzliche Geheimnisse,
gehen durch hohes Gras
und rufen versunkene Namen.

Der leichte Widerhall von Schritten,
Bittgänge, Gespräche im Laub,
nur von der Amsel vernommen.

Ein Toscaner

Ist es die Stunde,
das Silber von den Dächern zu nehmen,
den Tau von den Blättern des Ölbaums zu schütteln?

Hinfällig
wie der Staub auf vergilbten Manuskripten
ist mein Leben geworden.

Nicht überschreite
die Säulen des Hercules.
Der Tod, der mürrische Maultiertreiber,

ich sah ihn gestern abend am Stall,
umschwirrt von Bremsen,
er weiß den Weg.

Bald deckt
das schwarze Profil der Berge
den Weinstock und die Brunnen zu.

Rom

Vollendeter Sommer,
am äußersten Rand der Sonne
beginnt schon die Finsternis.
Lorbeerverwilderungen,
dahinter aus Disteln und Steinen
ein Versteck,
das sich der Stimme
verweigert.

Transparenz
des Mittagslichtes,
Verse, die an nichts erinnern,
ein helles Wasser
berührt den Mund.

Persephone

Die Abgründige kam,
stieg aus der Erde,
aufgleißend im Mondlicht.
Sie trug die alte Scherbe im Haar,
die Hüfte an die Nacht gelehnt.

Kein Opferrauch, das Universum
zog in den Duft der Rose ein.

Nachts

Über den Wolken
das Knarren von Wagenrädern,
Landflüchtige,
unterwegs.

Handfeste Burschen
räumen den Nebel weg,
tragen schlafende Frauen
über die Furt.

Röhricht,
kaum zu erkennen.
Ein Mann,
das Fangnetz über die Schulter geworfen,
steht am Gewässer
und weidet die Fische aus.

Wundmale
die Kiemen der Fische,
sie leuchten im Mond.

Das Wort, ausgesät für die Nacht,
treibt fort, wurzelt im Wind.
Endlos
die Regenlitanei.

Die Rückkehr

Die stumme Gesellschaft,
in Kähnen kam sie hierher,
noch einmal
den ungebrochenen Glanz des Wassers zu sehen,
die Gewißheit des Sommers,
die Hibiscusblüte in der Farbe der Mitra.

Wozu den Sommer beschwören?
Der nubische Steinbock
verließ die Berge,
der Teichrohrsänger flog fort.

Ein Schilfblatt
trieb mit der Strömung vorbei.
Die Kähne versanken
im wäßrigen Schatten der Erlen.

Der Ketzer aus Padua

1

Ich kam als Schnee ins Wintergestrüpp
und folgte dem Todeskarren.
Gerechtigkeit und Nachsicht
gab es auf dieser Erde nicht.

Als wollte der lombardische Abend
ein letztes Zeichen setzen,
dort oben, im harschen Astgespinst,
ans Weiße des Himmels
ans Kahle geklammert
die nistende Kälte, das leere Vogelnest.

II

Und hinter den flachen Kähnen im Kanal
die Stadt der Talare und Horoskope
mit ihren Adepten der Alchimie,
mit feuchten Verliesen
und Folterkammern.

O böser Traum,
da das mißhandelte Blut
vom Balken tropfte,
am Eingang der Abtei
das Volk sich duckte
im Stoßwind der Schleudermaschine.
Ein Engel stürzte
im rötlichen Dunst der Kirchen und Türme Paduas,
fiel durchs Gestänge
und ruhte mit zerbrochener Schulter
vor einem Horizont aus Hellebarden.
Sein Antlitz erlosch.

III

Stadt des Marsilius,
das verblakte Pergament
des Propheten
im weißen Feuer des Schnees –
drei Männer ritten schweigend am Karren vorbei,
Kuriere des Kardinals, da war keine Hufspur,
die zum Frieden führt.

Herr, dein Geheimnis ist groß
und eingeriegelt in die Stille der Felsen,
ich bin nur Staub,
der lockere Ziegel in der Mauer.

IV

Die Finsternis kappte die Bäume,
der Schanzkorb versank.
Noch lagen die Toten auf dem Blachfeld.
Das Fußvolk schlug Holz,
der Kalkofen qualmte.

Ich ging ins Gestrüpp, ich schob den Karren,
verurteilt,
den alten Jammer
bis zur Vernichtung der Sinne zu sehen.

Nichts zu berichten.
Das Einhorn ging fort
und ruht im Gedächtnis der Wälder,

in den Kammern des Mohns,
wenn die Äbtissin Sonne und Mond
den Toten gibt.

Der Herbst lichtet sich,
verliert sein Gedächtnis
in der Blutspur der Buche.

Was bleibt, ist nicht mehr
als der schwarze Draht in der Luft,
der zwei Stimmen vereinigt.

In der weißen Abtei des Winters
ein lautloser Flügelschlag.
Im Namen dessen –
bis ans Ende der Tage.

V

Im Kun-lun-Gebirge

Steig nicht hinauf
ins öde Kun-lun-Gebirge.
Du zahlst an den Pässen
den Geistern Tribut.

Schneemassen verfinstern den Himmel.
Über den Eschen
fliegt ein Falke im Aufwind und schreit.
Er rüttelt und stürzt in die Dunkelheit,
wo die zerspellte Fichte
lautlos im Schnee versinkt.

Vier Tage unterwegs auf steilem Pfad,
der zwischen Felsen und trocknen Tamarisken
sich hochzieht im Kun-lun-Gebirge.

Schneenarben an den Felsen,
Schriftzeichen, nicht zu entziffern.

Und immer die dünne harsche Musik,
die finster das Ohr besetzt.

Und nirgends am Weg die elendste Hütte
aus rohen Fichtenstämmen,
wo man auf nacktem Stroh
sein Haupt betten kann.

Ich irrte umher in schneegreller Nacht
und schlief im grauen Felsenschutt
vor einem Abgrund ein.

In kalter Frühe,
in weißer leuchtender Schneeluft
stieg ich in ein Tal hinab
und folgte der Spur eines Fuchses.

Sie führte zu einem alten Maulbeerbaum
mit einem dünnen Riß in der Rinde.

Ich öffnete die Rindentür
und stieg in den Baum.
Die Tür fiel raschelnd zu.

Unbeweglich saß ich in der Höhle.
Geister, aus der Materie des wehenden Schnees
besuchten mich nachts
mit Gonggetöse und Trommellärm.

Ich schluckte Wind und Tau
und wagte kaum zu atmen.

Oder sie raunten magische Sprüche,
sie rührten mich an,
ich spürte sie, wir saßen Knie an Knie.
Ich lebte in dunkler Ungewißheit.

Manchmal wähnte ich nachts eine Horde
schneepflückender Wesen zu sehen.
Ich griff in die Luft und fing die Kälte.

Hier im hohlen Leib des Baums
überlebte ich die zähe
verzögerte Kälte des Frühjahrs,

hörte nachts die dünne Geistermusik
und fand am Morgen einen Vorrat
von harten Kernen verdichteten Lebens.

Ich schloß die Augen, meditierte,
sah durch die Rinde die Welt
und fühlte mich schuldig.

Ich schloß die Augen
und sah die hellfarbenen Pflugochsen
über die Frühlingsfelder schreiten.

Ich hörte das dumpfe Brüllen und schüttelte
den nassen Lehm aus den Haaren.

Ich schloß die Augen
und sah die Tochter des Salzhändlers
mit silberner Sichel
das Laub vom Maulbeerbaum schneiden.

Sie trug im Korb
das Seidenraupenfutter in die Kammer.

Ich schloß die Augen,
es kamen zwei Knechte,
sie legten die Säge an den Baum
und töteten mich.

VI

König Lear

Unter dem Steinbruch
kommt er herauf,
den Jodlappen
um die rechte Hand gewickelt.

In elenden Dörfern
schlug er Knüppelholz
für seine Linsensuppe.

Jetzt kehrt er
im dürren Schatten
zerrissener Wolken
zu seiner Krone
in die Schlucht zurück.

Im Kalmusgeruch dänischer Wiesen
liegt immer noch Hamlet
und starrt in sein weißes Gesicht,
das im Wassergraben leuchtet.

Das letzte Wort
blieb ungesagt,
es schwamm auf dem Rücken der Biber fort.
Keiner weiß das Geheimnis.

Todtmoos

In Todtmoos
sah ich in weißer leuchtender Schneeluft
schneepflückende Wesen fliegen.
Ich griff in den Flockenfall
und fing nur Kälte.

Schneenarben an den Felsen,
Wegzeichen wohin? Schriftzeichen,
nicht zu entziffern.

Der Fremde geht davon
und hat den Stempel
aus Regen und Moos
noch rasch der Mauer aufgedrückt.
Eine Haselnuß im Geröll
blickt ihm mit weißem Auge nach.

Jahreszeiten, Mißgeschicke, Nekrologe –
unbekümmert geht der Fremde davon.

Inhalt

* Das Gedicht ›Aristeas I‹ ist unter dem Titel ›Aristeas‹ bereits im Gedichtband *Chausseen Chausseen* enthalten. Der Band erschien erstmals 1963 im S. Fischer Verlag, Frankfurt am Main.

* Das Gedicht bezieht sich auf Marsilius von Padua. *Defensor pacis*, Rütten & Loening, Berlin 1958.